RAKE

VERLAG

W0195672

Ein Bildnis der Marschenkoryphäe

von F. W. Bernstein

AXEL MARQUARDT

DIE MARSCHMENSCHEN

– WIE SIE WIRKLICH SIND

MIT ZAHLREICHEN BILDDOKUMENTEN
VON
THURID SELINGER

RAKE
VERLAG

1. AUFLAGE 2000

© RAKE VERLAG 2000

ALLE RECHTE VORBEHALTEN

UMSCHLAGGESTALTUNG VON MARTINA RUSSMANN, ALVESLOHE

DRUCK UND BINDUNG KONINKLIJKE WÖHRMANN, B.V., ZUTHPEN

PRINTED IN NEDERLAND

ISBN 3-931476-31-6

Eine Gegendarstellung

INHALT

VORWORT DES HERAUSGEBERS

Eine wissenschaftliche Lumperei ist anzuzeigen, ein Bubenstück sondergleichen!

Im Jahre 1997 erschien im Rake Verlag, Rendsburg, also in ebendem Verlag, in dem auch dieses Büchlein erscheint, eine «sozioethnographische Studie» mit dem Titel «Die Marschmenschen» und dem hochfahrenden Untertitel «Expedition in eine Terra incognita». Wie viele meiner Fachkollegen aus dem Forschungsgebiet der Marschenkunde griff auch ich hoffnungsvoll, ja begierig nach dem schlanken Exemplar, sintemal ja bis dato nicht viel über dieses Thema publiziert worden war.

Wie groß aber war mein Erstaunen, als ich die ersten Zeilen las, und je weiter ich in meiner Lektüre vordrang, desto fassungsloser wurde ich, so dass mein Erstaunen am Ende in blankes Entsetzen umschlug! Da hatte sich doch ein Jemand, ein Niemand erfrecht, sich eines Gebiets anzunehmen, von dem er so gut wie nichts, und wenn etwas, dann auch nur rudimentär verstand. Dennoch las ich bis zum bitteren Schluss und musste mir schließlich bei allem anfänglichen Wohlwollen und strengster wissenschaftlicher Objektivität eingestehen, dass dieses Buch nichts anderes ist als ein mit pseudowissenschaftlichem Jargon garniertes Elaborat allerschlimmsten Rosstäuschertums!

Zunächst versuchte ich mich zu beruhigen, indem ich mir einredete, der Autor richte sich mit diesem

Machwerk selbst, niemand würde es zur Kenntnis nehmen, es würde im Keller des Verlags vor sich hin schimmeln und letztlich als das enden, was es von Anfang an war: Makulatur.

Doch dann musste ich sehen, wie es zu meinem, zu aller Verblüffen reüssierte, und das nicht zu knapp: innerhalb weniger Wochen war die erste Auflage vergriffen, es folgten in rascher Folge siebzehn neue, und als ich nach einem halben Jahr den Gesamtverkauf bilanzierte, wurde klar, dass zu dem Zeitpunkt in jedem Marschenhaushalt schon durchschnittlich 71/2 Exemplare liegen mussten. O unselige Abzockerei!

Nicht dass ich neidisch gewesen wäre, weit gefehlt, aber auf dem Rücken des tumben Marschmenschen gnadenlos die dicke Knete abgreifen, ging mir nun doch zu weit! So entschloss ich mich, vor Gericht zu gehen.

Ich will hier und jetzt nicht den unerquicklichen, würde- und geschmacklosen Hickhack vor Justitias Schranken ausbreiten, der nun folgte – wichtig ist nur das Urteil, das den Täter mit erbarmungsloser Härte traf: Er wurde dazu verdonnert, diese Gegendarstellung unter seinem Namen, im selben Verlag und in gleicher Ausstattung, aber zu einem höheren Preis herauszugeben! Wie sehr dieses Verdikt dem Schmierfinken zugesetzt hat, belegen diese beiden fotografischen Dokumente, die ihn vor

und nach der Gerichtsverhandlung zeigen.

Ich kann kein Mitleid entwickeln, ich nicht ...

EINIGE FUNDSTÜCKE AUS DER TRICKKISTE DES SAUBEREN HERRN M.

Es wäre müßig, alle Fehler, Irrtümer, mutwillige Entstellungen, bizarre Verdrehungen, böswillige Unterstellungen und Verleumdungen des erwähnten Traktats auch nur aufzählen, geschweige denn korrigieren oder richtig stellen zu wollen. Dazu reichte der mir zugebilligte Platz bei weitem nicht.[1]

Dennoch sollen einige der groteskesten Beispiele die perfide Strickart belegen, mit der der «Autor» sein groß angelegtes Betrugsmanöver zusammenferkelte. Kommen wir zunächst zum Bildmaterial.

Auf den Seiten 18 und 19 dokumentiert er «die unverwechselbare Eigenart jeder einzelnen der Marschen» mit Bildern der «Kremper-» (links) und «Wilstermarsch» (rechts), wo doch selbst der Blinde auf Anhieb sieht, dass es bei dem linken Bild um die

[1] DER VERSUCH EINER ÜBERSCHLÄGIGEN SCHÄTZUNG ALLER UNWAHRHEITEN WURDE BEI DER ZAHL VON 3768 SCHON AUF DEN ERSTEN 13 SEITEN ABGEBROCHEN.

«Wilster-» und bei dem rechten um die «Krempermarsch» handelt.

Da fasst man sich doch an den Kopf … Ein weiteres Beispiel gefällig? Bitte sehr: Auf S. 52 wird behauptet, die abgebildeten Fische seien der Gattung des Matjesfischs zuzuordnen, wo doch selbst der Nicht-Ichthyologe sogleich das leckere Dorschfilet in lockerer Senfsauce identifiziert. Nein, so geht's nicht, Herr M.!

Ganz toll treibt es dieser windige Quacksalber in seinem Kapitel über «Architektur und Wohnformen der Marsch». Er stellt dort «vier Ausprägungen des Marschhauses» vor (S. 62), die hier noch einmal abgebildet werden sollen (s. Seite 17), bevor der Leser auf die Idee kommt, das Opusculum zur Prüfung noch einmal zu kaufen.

Zugegeben: Jedem Durchschnittsbürger muss beim Anblick dieser vier Hütten speiübel werden, scheint doch ein menschenwürdiges Vegetieren in ihnen

nahezu unmöglich, von Wohnkomfort ganz zu schweigen. Was aber das Perfide, das schlechthin Manipulatorische ist, dass der Autor verschweigt, dass es sich bei diesen Anwesen um Schlichtbehausungen straffällig gewordener zugereister Geestbewohner handelt! Der aufrechte Marschmensch hingegen, der sich nie auch nur das Geringste hat zuschulden kommen lassen, baut nämlich ganz anders. Gaanz anders. Die typische, durch Solidität und eine gewisse Großzügigkeit gekennzeichnete Bauweise der Marsch soll in den folgenden Originalaufnahmen am Beispiel der Eigenheime zweier beliebig herausgegriffener Familien dokumentiert werden (s. S. 18).

Es ist davon auszugehen, dass links Fam. Trede, rechts Fam. von Pein eingezogen ist. Die Größe der Türschilder ist zunächst wohl Ausdruck des berechtigten Stolzes der Familien auf das Erreichte, wohl aber auch ein hilfreiches Entgegenkommen für den

DAS ANWESEN DER FAMILIEN TREDE & VON PEIN AUS DER SICHT
DES BRIEFZUSTELLERS (ENTFERNUNG CA. 10 KM)

Briefzusteller, der sich so schon einige Meilen vor seinem Ziel orientieren kann.

DAS SINGLE-APARTMENT DES JUNGEN SILO VON PEIN MIT AUSSENTREPPE,
SATELLITENSCHÜSSELN SOWIE ENT- UND VERSORGUNGSROHREN

Der Sinn für die Übernahme traditioneller Bauformen von Generation auf Generation zeigt sich an der schlanken Silhouette des Eigenheims, das sich Silo, der Sohn der Fam. von Pein, nach seinem Auszug aus der elterlichen Wohnung gebaut hat (s. S. 18 u.).[1] Auch hier kündet der Name weithin von treuem Besitzerstolz und vielleicht auch ein wenig von der Tatsache, dass Silo nichts zu verbergen hat.

Nun soll hier nicht in denselben Fehler verfallen werden, mit dem der Vorautor seine Leserschaft so skrupellos in die Irre geleitet hat. Es gibt neben diesen kapitalen Ackerbürgerdomizilen natürlich auch einfachere, weniger repräsentative, dafür aber reinliche

REEPSCHLÄGER THIES VON DRATHEN AUF DER
TERRASSE SEINES EIGENHEIMS

[1] ZU BEACHTEN IST IN DER MITTE DES GEBÄUDES DIE PFIFFIGE LÖSUNG, MIT DER DER JUNGE SILO DIE ENTSORGUNG DER FÄKALIEN BEWERKSTELLIGT; DAS LINKE ROHR DIENT DER BRAUCHWASSERVERSORGUNG.

und bis ins kleinste Detail funktional ausgeklügelte Häuser für die weniger Begüterten, die es ja auch geben muss. Als Beispiel dient uns das Heim des ebenso schwerhörigen wie menschenscheuen Reepschlägers Thies von Drathen aus Dammducht (s. S. 19).[1]

Lediglich als Appendix unserer architektionischen Betrachtungen soll ein besonders gelungener Neubau der Sparkassenfiliale in Ottenbüttelerwischreihe im Bild vorgestellt werden; gelungen deshalb, weil in ihm der Wille zur Offenheit gegenüber dem Kunden und das Prinzip einer sparsamen Kassenführung eine glückliche Verbindung eingegangen sind.

SPARKASSENFILIALE IN OTTENBÜTTELERWISCHREIHE

[1] DIE SCHWERHÖRIGKEIT DES BRAVEN MANNES (IM BILD AUF SEINER VERANDA) IST AUCH DER GRUND FÜR DIE BEACHTLICHEN AUSMASSE DER TÜRGLOCKE RECHTS.

Und weil's so schön war und zur Abrundung unserer architektonischen Beweiskette eine traditionelle Preziose, ein typischer Holzbau des 19. Jahrhunderts, das Gasthaus «Zum Moorhuhn». Wir beschränken uns bei seiner Würdigung auf den wuchtigen Westflügel in geschlossener Form. Bewundernswert noch heute die gewollt schlichte Formensprache und die vornehme Zurückhaltung bei der Beschilderung; lediglich die (ebenfalls dezente) Ausweisung des Parkplatzes ist als Tribut an den heutigen Zeitgeist anzusehen. Würde man nicht erwarten, dass sich in der nächsten Minute die Tür (rechts unten) öffnete und der freundliche Wirt ins Innere bäte? Aber leider: «Montag und Dienstag Ruhetag».

DAS «MOORHUHN» – INBEGRIFF DER MARSCHENGASTLICHKEIT

21

Eigentlich könnte man es bei diesem Beispiel belassen, aber wir möchten doch noch den eventuell aufkommenden Verdacht, der Marschbauherr baue eher ins Breite und Monumentale, zurecht rücken, und zwar mit dem Bild eines typischen Einfamilienhauses «auf der grünen Wiese». Bauplätze werden auch in der Marsch langsam rar, und da liegt es doch nahe, eher in die Höhe zu bauen. Ja, der Marschmensch weiß sich zu helfen!

HOCHHAUSARCHITEKTUR IN DER MARSCH – AUS RAUMNOT GEBOREN

An diesen wenigen schlagenden Beispielen erweist sich einmal mehr die Vielfalt der marschenländischen Bauformen, aber sie beweisen auch, wie sehr im ersten Band die Wirklichkeit bewusst verfälscht wurde, und wenn nicht bewusst, dann zumindest in unverantwortlich fahrlässiger Art und Weise – und ist das nicht mindestens ebenso verwerflich?

Verlassen wir damit das Gebiet der bildlichen Gaunerei, wechseln wir über zu den inhaltlichen Schludereien, deren Zahl wahrlich Legion ist. Greifen wir daher nahezu willkürlich einige besonders griffige Beispiele heraus –

– aber nein, lassen wir das, warum sollten wir uns in dem Dreck suhlen, den andere hinterlassen haben? Wenden wir uns statt dessen dem Positiven zu, indem wir der Marsch und ihren Menschen wahre Gerechtigkeit widerfahren lassen und sie in ihrem Leben und Weben, Handeln und Wandeln so darstellen, wie sie es verdient haben!

Beginnen wie damit, zunächst ein Desiderat aufzufüllen, das durch eine ebenso unverständliche wie unverzeihliche Schlamperei des Verlags entstanden ist. Ihm ist es tatsächlich gelungen, vier ganze Seiten Druck zu vergessen, und zwar gerade dort, wo es in der Marsch am spannendsten zu werden verspricht, beim Kapitel Kunst und Kultur (S. 76-79). Vier leere Seiten! Man möchte sich die Haare raufen!

Wohlan denn, holen wir das Versäumte umso opulenter nach, denn wo sonst wäre die Heimat der Künste, wenn nicht in der Marsch?

DIE MARSCH – EIN DORADO DER FREIEN KÜNSTE

1. IM REICHE EUTERPENS

Wahrscheinlich weiß wieder kein Schwein, wer oder was Euterpe ist. Muss ich also wieder mal erklären. Also: Euterpe ist die Muse der Dichtkunst! Merken! Daher geht es in diesem Kapitel um – na?

Natürlich, um die Kunst des Dichtens in der Marsch. Das hat aber auch gedauert.

Das Überraschendste vorweg: Nirgendwo auf der Welt findet sich eine höhere Dichterdichte als in der Marsch! Wenn man kühn wäre, könnte man behaupten: jeder Marschmensch ist ein Dichter!

Das liegt natürlich an dem beachtlichen Wasserreichtum, der eine hohe Dichtkunst geradezu überlebenswichtig macht. Wären nämlich die Deiche, die Düker[1], die Priele, Stöpsel und Siele nicht richtig dicht – das gäbe eine Sauerei ...

Ich möchte jetzt meinen Kopf verwettern, -wetten, dass Sie mir glatt auf den Leim gegangen sind mit dem Dichten und Dichten. JA GLAUBEN SIE DENN, DASS ICH DIESEN ALTEN HUT NOCH EINMAL HERVORZAUBERE? Halten Sie mich wirklich für so abgeschmackt?

Aber nichts für ungut, ich wollte nur mal Ihre Aufmerksamkeit und Wissenschaftshörigkeit testen.

[1] HERR M. WEISS NOCH NICHT EINMAL, WAS DAS IST, EIN DÜKER, WIE ER S. 106 ET PASSIM ZUGEBEN MUSS!

Ist nicht gut für Sie ausgefallen, überhaupt nicht. Wo waren wir stehen geblieben?

Richtig: Dichten. Nein, mit dem Dichten, das meinte ich durchaus ernst: Quasi jeder Marschmensch ist ein Dichter. Aber nur wenige haben das bisher gemerkt. Alles, was aus des Marschmenschen Mund entströmt, ist reine Poesie, und so ist es nicht verwunderlich, wenn's ihm schon nicht mehr auffällt![1]

Eines der schönsten Beispiele für gelungene, wenngleich auch sehr hermetische Naturlyrik stammt von einem mittelalten Bäuerlein aus Siebenecksknöll (Gemeinde Wulfsmoor), das ich in der Anthologie «Die ganze Marsch ist ein Gedicht» fand:[2]

De Kahl stiehl goß
Dar Grabs is gröl
De Slippen kriescht
war een Gedrööl

Bi Udlient krak
De trakken schluck
De Moder brunzt
Ans Klakken plunk

Do kümmt min Ent
De quakkelt bass
Hebt lunks sin Been
An achtermatt.

[1] Von den Ausnahmen möchte ich aus hygienischen Gründen schweigen.
[2] Hg. von Sarah Kunert und Günter Kirsch, Kaisborstel und Tielenhemme: Verlag Grüppe 47, 2000.

Schön, nicht? De quakkelt bass. Das muss einem aber auch erst mal einfallen.

Nun dichtet der Marschmensch allerdings nicht nur konventionell, er hat durchaus auch ein Faible für das Experiment. Als Beispiel seien hier die Verse einer ganz jungen, zornigen Dichterin aus Heiligenstedtenerkampwischreihe zitiert:[1]

Uääh, uääh!
Raboll, uääh,
Rabääh, raboll,
Waa, waa, atoll!

Mumpf, mumpf, tataa,
trärääh, raboll,
schlapamm, schabääh,
uääh, uhää!

Humrem hä?
Do humrem
Nodo humrem
Kaineschfawls.

Sagen Sie selbst: Wie kann man seiner Wut über den verlorenen Schnuller eindringlicher onomatopoetischen Ausdruck verleihen, als durch diese virtuose Folge glitschiger Vokale und Konsonanten? Lautpoesie *at its best!*

Soviel über die Disziplinen hermetische und experimentelle Lyrik, deren Existenz in der Marsch nicht

[1] In: Proceedings of the 5th March Poetry Slam Meeting at Grillchaussee (Community of Engelbrecht's Wilderness), The Greatwish University Press 1991, p. 17.

verwundern mögen, kann sie doch wie kein anderer Landstrich als die Inkorporation der Hermetik und des Experimentellen angesehen werden. Erstaunen aber mag, dass die Marsch eine ungeheure Fülle von politischer und agitatorischer, ja revolutionärer Dichtkunst hervorgebracht hat, deren umstürzlerische Brisanz noch dadurch gesteigert wird, dass sie nicht zwischen zwei Buchdeckel versteckt, sondern im öffentlichen Raum platziert wird. So entstand im Laufe der letzten Jahre eine Reihe von eindrucksvollen Epigrammen, die von ihren Urhebern entlang viel befahrener Wegstrecken aufgestellt wurden, um des vorüberziehenden Wanderers Gewissen aufzurütteln und seinen revolutionären Zorn zu entfachen. Einige der sinnfälligsten Beispiele seien hier in Text und Bild vorgeführt.

Dabei fällt zunächst die Kategorie des ökologischen Warnepigramms auf. Gesellschaftspolitischer Hintergrund des ersten Themenkreises war der Hamburger Hafenschlick, dessen Konzentration an Schwermetallen und anderem Mistzeugs mittlerweile so gefährlich wurde, dass sich die Marschmenschen anboten, ihn bei sich aufzunehmen, ehe er in der Freien und Hansestadt zuviel Unheil anrichten konnte. Unser Beispiel I weist zunächst auf die Gefahr hin, die einem heimischen Borstentier droht, falls es bei einem Viehtransport im Hamburger Hafen aus der Barkasse kippt.

Giftschleim
Tötet das Marschschwein

Dem ist in Prosa nicht viel hinzuzufügen; man beachte jedoch die lautmalerische Kompetenz des (anonymen) Dichters, der durch die Häufung des Zischlauts «sch» die Gefährlichkeit des Zustands trefflich hervorhebt. Außerdem wird nach dieser aufrüttelnden Warnung auch niemand mehr einem Marschschwein guten Gewissens eine Handvoll Giftschleim in seinen Trog schütten, wie es bis dato gedankenloser Usus war.

Beispiel II:

Im Hafenschlick
Die Bombe fickt

Ein in seiner lakonischen Schärfe und kühnen erotischen Metaphorik schlechterdings kaum zu überbietender lyrisches Menetekel: Möchte man nicht sofort ins Hafenbecken springen und die Bombe an ihrem unerhörten, ja frivolen Tun hindern?[1] Bemerkenswert ferner der respektlose Tabubruch, hatte sich doch nie zuvor jemand lyrisch der Libido von Detonationssprengkörpern gewidmet. Von Brechtschem Zuschnitt schließlich die kaum wahrnehmbare Verweigerung des Endreims im Sinne eines Verfremdungseffekts – alles in allem: ein weiteres

[1] DEM VERDACHT EINES KOLLEGEN, ES KÖNNE SICH UM DIE NACHTRÄGLICHE «VERSCHLIMMBESSERUNG» EINES PASSANTEN HANDELN, DER EINEN SCHREIBFEHLER IM ORIGINAL VERMUTETE, KANN ICH NICHT STATTGEBEN (VGL. HUBERT GERSCH: HIGHLIGHTS ZEITGENÖSSISCHER MARSCHENDICHTUNG. IN: SCHATZKÄSTLEIN DER WELTPOESIE, HG. VON H. M. ENZENSBERGER, GUNDELHEIM 1999).

Kleinod aus dem Schatz epigrammatischer Marschdicht-kunst.

Zum Abschluss unseres dichterischen Exkurses zwei Belege für die Allgegenwart der visuellen Poesie in der Marsch, ja wirklich! Es geht dabei um ein Phänomen, das die geheimnisvolle Kürzel A 20 trägt und dessen Bedeutung dem Marschmensch selbst nicht geläufig ist. Selbst hartnäckigste Recherchen konnen diesen Code nicht entschlüsseln, so dass sich schlussendlich der Verdacht aufdrängt, es handle sich hier nicht nur um visuelle, sondern auch und gerade um Nonsenspoesie.

BESTÜRZENDE VERSE AM WEGESRAND

Darauf deutet auch gerade der erste Vers («A 20 hier ohne Sinn») hin; bestürzend dagegen der zweite Vers, in dem es um «'zig Milliarden» geht: Milliarden von was? Marschmenschen? Zig Milliarden Marschmensch bereits «dahin»? Das möchte man nicht hoffen, das kann man nicht glauben. Will uns der Autor zum Narren halten?

Vielleicht gibt das zweite Beispiel näheren Aufschluss.

WARNUNG AN EINEN KOHLRÄUBER?

«A 20 durch die Felder? / Hier fehlen die Gelder!»

Nun wird's vollends enigmatisch: Da geht/fährt jemand/etwas durch die Felder, und plötzlich fehlen die Gelder ... Aha, natürlich: jemand raubt dem Marschenbauern seine Hackfrüchte in Milliardenhöhe, und in der Tat sind die Felder leer, so weit das Auge reicht. So erweisen sich diese poetischen Perlen als Warnungen an den dreisten Dieb A 20[1], und wir können ihm nur dringstlichst raten, seine Pfoten fürderhin von Kohl & Co. fernzuhalten: mit dem Marschmenschen ist in dieser Hinsicht nicht zu spaßen!

[1] VERMUTLICH DER GRAUSE DEICHGRAF ADOLF XX., DER SCHON SO OFT AUF DEN FELDERN MIT MILLIARDEN VON KOHLKÖPFEN AUFGEGRIFFEN WURDE, OHNE DASS MAN IHM ETWAS BEWEISEN KONNTE.

Wir haben nun das schlechthin Schöpferische des Marschmenschen auf dem Gebiet der Poesie dokumentiert und gewürdigt. Den vorläufige Höhepunkt in der ästhetischen Erziehung des Marschmenschen bildete die Gründung der Marschdichterkollegs und die Errichtung des Schöpfwerks Neuenbrook im Jahre 1982.

INSCHRIFT AM SCHÖPFWERK NEUENBROOK

Verewigt sind an diesem schönen Neubau mit seiner geschmackvollen Begrünung die ersten poetischen Versuche des Leiters der Akademie, Stephan Opitius, in denen er sich mit dem uralten Thema des Marschmenschen auseinandersetzt: der Gewalt des Wassers! Und so kann auch ich mich nur dem Motto des Kollegs anschließen, das sich am Ende dieses gekonnten Vierzeilers findet:

GOTT SCHÜTZE DIE MARSCH!

2. Das Bild des Marschmenschen in der Kunst

Wir wollen nicht lange drum herum reden: Der Marschmensch ist in der Kunst des Abendlandes so gut wie nicht vertreten. Na gut, Rembrandt hat mal versucht, ihn zu zeichnen, aber das ist voll in die Hose gegangen, und auch Emil Nolde hat lieber Blumen gemalt, als dass er sich des Marschmenschen bildlich angenommen hätte.

Woran das liegt? Da kann man nur Vermutungen anstellen. Wahrscheinlich ist er einfach zu genierlich, um Modell zu stehen, womöglich noch entblößt! Zu bescheiden, um sein Antlitz als Prototyp des Menschlichen geltend zu machen. Zu breit, um in die Quadratur normaler Leinwände zu passen. Wer weiß …

Den Marschmenschen hat es lang geschmerzt, dass er als Sujet gestalterischer Auseinandersetzungen verschmäht wurde. Aber da er von Natur aus ein trutziger Charakter ist, hat er es bei diesem Gram nicht bewenden lassen, sondern sich daran gemacht, sich selbst nach seinem Bilde zu schaffen. Zwei, drei Kurse in der VHS verschafften ihm die nötigen Grundlagen, das Material fand er in Feld und Flur, und unbändiger Gestaltungswille ist ohnehin eine seiner hervorstechendsten Eigenschaften.

So machten sich die Marschmenschen ans Werk, und es entstanden jene zahllose Monumentalplastiken, die heute dem Ethnologen Freude und Rätsel zugleich sind. Voilà!

ERUPTION DER KREATIVITÄT: SO SIEHT SICH DER MARSCHMENSCH SELBER

DAS WESEN DES MARSCHMENSCHEN

Begegnet man bei einem gelegentlichen Streifzug durch diesen gesegneten Landstrich einem seiner Bewohner, geschieht das nie überraschend. In der Ferne noch ein kleiner Punkt, wird er beim Näherkommen zusehends größer und größer und ist beim Passieren schließlich ein ganz großer Punkt, nein: Mensch, und dann geschieht das Unfassbare: beim Sich-Entfernen schrumpft dieser Hüne kontinuierlich, bis er wieder zu dem kleinen Punkt in der Ferne wird, der er schon einmal war. Diesen im Grunde unfassbaren Vorgang haben wir zum Beweis in den entscheidenden Phasen fotografisch festgehalten.

EIN PUNKT IN DER FERNE ...

34

... WIRD BEI ANNÄHERUNG ZUM HÜNEN ...

... UND IN DER ENTFERNUNG WIEDER ZUM PUNKT IN DER FERNE

Dem aufmerksamen Beobachter werden bei einer solchen Begegnung mehrere charakteristische Eigenheiten auffallen, die direkt zum eigentlichen Charakter des Marschmenschen hinführen.

Zunächst wird eines deutlich: Der Marschmensch weicht keinen Fingerbreit von der einmal eingeschlagenen Route ab; stracks geht er von A nach B und lässt sich durch nichts ablenken, geschweige denn behindern, selbst wenn ihn der Weg geradewegs ins Wasser und damit in den sicheren Tod führt! Dasselbe gilt für seinen Rückweg von B nach A. Diese durch viele Generationen entwickelte Gradlinigkeit seiner Streckenführung entspricht vollkommen der Gradlinigkeit seiner Gedanken und seines Charakters: Der Marschmensch denkt direkt von A nach B, ohne Umschweife, ohne Skrupel. Doch davon später mehr.

Das zweite auffallende Element einer Begegnung ist die Diskretion, mit der sie vonstatten geht. Der Marschmensch ist so etwas von zurückhaltend, dass man's zunächst nicht glauben mag. Ich selbst begegnete einst einem solchen in den unendlichen Weiten der Marsch an einem sonnigen Sonntagmittag. Ich sah ihn schon von weitem, am Morgen des nämlichen Tages, als kleinen Punkt am Horizont. Er kam näher und näher und schien keine Notiz von mir zu nehmen, und als wir auf gleicher Höhe waren und er immer noch den Horizont fixierte, der sein Ziel zu sein schien, wagte ich es, das Wort an ihn zu richten: «Holla, Herr Marschmensch», sagte ich betont munter, «wohin des Wegs?» Irritiert blickte er um sich, wurde dann meiner ansichtig und sagte in entschuldigendem

Ton, er habe mich gar nicht gesehen, er sei so in Gedanken versunken gewesen, und außerdem wisse er nicht, ob es mir Recht gewesen wäre, hätte er mich bemerkt.

Gipfel der Diskretion! Highlight vornehmer Zurückhaltung. Ich bewunderte insgeheim diese Contenance, wollte aber keine Rührung aufkommen lassen und fragte ihn deshalb, welches denn der Gegenstand seiner Gedanken gewesen sei. Er sah mit seinen wässrig-blauen Augen ruhig an mir vorbei und sagte: «Wie ich von A nach B komme.» Und setzte seinen Weg fort.

Gegen Abend sah ich diesen prächtigen Menschen dann als kleinen Punkt am Horizont verschwinden. O stille Größe, edle Einfalt!

Die dritte Auffälligkeit, der sich bei einer einfachen Begegnung neben Gradlinigkeit und Zurückhaltung zeigt, ist – ist – mir dummerweise entfallen, aber sobald ich sie wieder habe, komme ich sofort darauf zurück. Versprochen!

Wo waren wir stehen geblieben? Genau, das Wesen des Marschmenschen wollten wir durchleuchten. Gradlinigkeit und Zurückhaltung hatten wir bisher als seine bestechendsten Merkmale herausgeschält. Und nun kommt das überraschendste, ja vielleicht unglaublichste: Der Marschmensch ist überaus temperamentvoll!

Ja, temperamentvoll. Sozusagen der Italiener des Nordens, bzw. der Norweger des Südens. Ich sage das nicht leichtfertig dahin, ich weiß, worüber ich spreche. Man darf eben aus der Grobschlächtigkeit seines

Körperbaus, der Rauheit seiner Sitten und des befremdlichen Gutturals seiner lautlichen Äußerungen schließen, er sei ein temperamentloser Klotz. Das Gegenteil ist der Fall!

Nirgendwo auf der Welt – und ich weiß, worüber ich rede – nirgendwo also auf der großen, weiten Welt herrscht nach 21 Uhr ein solcher Lärmpegel, eine solche betriebsame Geschäftigkeit, ein solches Gewusel und Gewimmel wie in den Wirtschaften der Marsch. Das ist ein Lärmen und Rufen, ein Holtern und Poltern, dass einem die Sinne schwinden, wenn man diese Usancen nicht gewohnt ist.

Nun könnte man denken, Ursache dieser Temperamentsausbrüche sei eine aus den Fugen geratene Konversation, in der einer den anderen übertönen muss, um seine jeweilige Meinung zur Geltung zu bringen, doch weit gefehlt! Auch wenn man genau hinhört und in der Lage ist, in der allgemeinen Kakophonie das Stimmengewirr zu entflechten, wird man keine artikulierten Laute ausmachen können. Es sind vielmehr aus den Tiefen des Magen-Darm-Trakts aufsteigende Entäußerungen eines vollkommenen Wohlbehagens, archaische Urlaute, die von Generation zu Generation weiter vererbt werden, und die vermutlich das ausdrücken wollen, was der alte Doktor Faust in Auerbachs Keller einmal so formuliert hat: «Mir ist so kannibalisch wohl als wie fünfhundert Säuen!»[1]

---

[1] Johann W. Goethe hat dann diesen Satz wortwörtlich in sein bekanntes Schauspiel übernommen; Beispiel einer frühen Form des Plagiats, das bald Schule machen sollte.

Gegen 22 Uhr allerdings erlischt der Rumor ebenso abrupt, wie er begonnen hat; dann beginnt die kontemplative Phase einer Marschennacht, die eine weitere Seite im Wesen des Marschmenschen offenbart: der hohe Grad von Sensibilität, von Empfindsamkeit, ja – von Melancholie!

In diesem Moment wird ihm nämlich klar: das Geld geht zur Neige, die Getränkelogistik droht zusammen zu brechen, schon stellt der Wirt die Stühle auf den Tisch! Trauer erfasst ihn, sein ganzes Leben zieht an ihm vorüber und er stellt fest: Gestern Abend war es ja genau so! Und den Abend vorher auch. Und weiter zurück kann er nicht denken, aber davor wird es auch nicht anders gewesen sein.

Dann steht er auf, sagt «Schön ist dat nich», zahlt unter Murren seine Zeche und macht sich auf den Heimweg.

Was gibt es noch zu sagen über das Wesen des Marschmenschen? Eine ganze Menge. Zum Beispiel – nein, das gehört hier nicht hin. Oder – das auch nicht. Es gibt also auch eine ganze Menge zu schweigen über den Marschmenschen. Und das wollen wir jetzt mal gemeinsam tun, sagen wir, ein paar Minuten lang. Und dann unterhalten wir uns über etwas ganz Erfreuliches, nämlich über des Marschmenschen Tugenden. Also: Ruhe jetzt!

DER MARSCHMENSCHEN
VORNEHMSTE TUGENDEN

So, vielen Dank, das war doch sehr erholsam, nicht wahr? So können wir jetzt unser Versprechen einlösen und auf des Marschmenschen Tugenden eingehen. Wir werden dieses Thema sicher nicht erschöpfend behandeln können, aber immerhin dreizehn seiner vornehmsten Tugenden wollen wir im folgenden rühmen. Da ist zunächst

1. Naturverbundenheit

Kein Mensch auf der Welt lebt so im Einklang mit der Natur wie der Marschmensch.

Hat schon jemals jemand einen Menschen der Marsch mit dem Ghettoblaster auf dem Kopf durch Wald und Flur hupfen sehen? Der Rastaman hingegen hupft dermaßen ausgestattet durch die Dschungel und singt gar dazu, like this: Stand up for your rights, und zwar so laut, dass die Papageien von den Zweigen fallen. Der Rastaman hat keine Achtung vor Flora und Fauna, der Marschmensch hingegen verehrt, was da wächst, kreucht und fleucht, zutiefst. Einige Beispiele, aus dem Leben gegriffen.

Jeder Marschmensch weiß, dass es den Fischen in unseren Flüssen, Teichen und Seen nicht besonders gut geht. Ursache: Chronischer Nahrungsmangel, vulgo nichts zu futtern. Die Ursachen sind bekannt:

Planktonflucht, Wurmkrankheiten, Krebsgeschwüre – da ist auf des Zanders Küchenzettel aber Schmalhans, oder wie das heißt.

Mit diesem Wissen im Hinterkopf nun schleicht sich der Marschmensch frühmorgens, manchmal auch spätabends, aus dem Haus an die Wasserstellen und wirft unseren geschuppten Freunden reichlich Atzung ins Wasser, die er sinnreich auf ein Häkchen gespießt hat, damit sie beim kühnen Wurf mit der Rute nicht verloren gehe. Zum Dank hängen ihm die Fische mitunter willkommene Gegengaben an die Rute: einen Schuh z. B. oder seltene Wasserpflanzen, und wenn sie dann genug gefuttert haben, auch mal einen toten Artgenossen, zum Zeichen, dass der Naturfreund nun getrost heimgehen kann.

Auf der anderen Seite weiß der Marschmensch, dass es dem Feld-, Wald- und Wiesengetier zu gut geht. Spätestens wenn Has' und Reh, gar der grause Schwarzkittel in seine Rabatten einbricht, sind Gegenmaßnahmen unumgänglich, doch sagt ihm sein friedfertiger, ja sensibler Charakter instinktiv, dass er keinesfalls zur Waffe greifen darf! Ein wehrloses Wesen einfach so über den Haufen zu knallen, mit Blei vollzupumpen, das Hirn aus dem Schädel zu pusten? Nicht der Marschmensch. Der lässt der Natur ihren Lauf!

Er setzt sich einfach in sein Auto (Opel Astra, Nissan Micra) und fährt systematisch die Gemeinde-, Kreis- und Landstraßen ab, und dabei fällt eine Strecke an, die durch die schärfste Treibjagd nicht erreicht werden könnte, ganz natürlich, wie nebenbei.

Bumm, jaul, quitsch, holper! So elegant und tier-
freundlich werden Probleme der Überpopulation in
der Marsch gelöst. Wir alle sollten uns daran wiederum
ein Beispiel nehmen!

Noch naturverbundener wäre der Marschmensch,
wenn es mehr Natur in der Marsch gäbe. Doch leider,
leider.

2. ORDNUNGSLIEBE

Die bedingungslose Hingabe an die Ordnung ist
eine der liebenswertesten Eigenschaften des
Marschmenschen und unterscheidet ihn am ehesten
vom Tier. Wer sich einmal im schlammigen Chaos
einer Wildschweinsuhle gewälzelt hat, wird den Vor-
satz des Marschmenschen verstehen, dass so etwas auf
die Dauer nicht geduldet werden kann. So hat er seit
Menschengedenken danach gestrebt, alles «schön
ordentlich» bzw. «ordentlich schön» zu machen, und
hat dabei keinen Sektor des öffentlichen und privaten
Lebens ausgenommen. Im folgenden wollen wir uns
einen der eindrucksvollsten Beweise für des Marschmenschen Streben nach einer höheren Ordnung
anschauen. Gleichzeitig ist es ein Exempel für sein
nimmermüdes agrarökonomisches Innovationspoten-
zial.

In Ordnung? Gut, dann bedarf es nur noch einer
kurzen Ein- bzw. Überleitung.

Der Apfelbauer Murks Murksen stellte eines Tages
fest, dass er Äpfel eigentlich nicht ausstehen konnte,

ja dass ihm dieses Obst zutiefst zuwider war, und wenn er ganz ehrlich sein sollte, fand er Äpfel – bitte um Verzeihung für dieses harte Wort – zum Kotzen! Da war es natürlich klar, dass er nicht weiter Äpfel anbauen und ernten konnte, wollte er nicht fürderhin von morgens bis abends vomieren.

Er ging also in seinen Apfelgarten und rottete seinen gesamten Baumbestand mit Stumpf und Stiel aus. Als er sah, was er angerichtet hatte, überfielen ihn allerdings leise Zweifel ob der Angemessenheit seines Tuns, und langsam dämmerte es es ihm: Er hatte sich überhaupt keine Gedanken darüber gemacht, was er denn anstelle der Äpfel anbauen sollte.

In seiner Verwirrung machte er eine Reise nach Thailand, die ihm in zweifacher Hinsicht die Augen öffnen sollte. Zum einen musste er feststellen, dass die Thailänderinnen mindestens ebenso anmutig waren wie die Marschmädchen, weshalb er gleich drei davon mitnahm, und zum anderen, dass Bambus eine rasch nachwachsende und höchst lukrative Anbauidee war, weshalb er gleich mehrere Millionen Bambusstöcke mitnahm.

Die steckte er dann, kaum zurückgekehrt, mit Hilfe seiner thailändischen Freundinnen wie im Rausch allesamt in den fetten Marschboden. Als er damit fertig war und sich sein Werk anschaute, wollte jedoch die letzte Zufriedenheit noch nicht einkehren. (s. S. 44)

Lange starrte Murks Murksen auf sein Bambusfeld, bis ihm schließlich der Grund seines Missbehagens klar wurde: Da stand ja alles kreuz und quer durcheinander!

UNORDNUNG IN DER BAMBUSSCHONUNG – EIN UNSCHÖNES BILD

Sofort rief er seine thailändischen Freundinnen herbei, und gemeinsam machten sie sich ans Werk.

IN REIH UND GLIED – SO MUSS ES SEIN!

So, das sah doch schon ganz anders aus!

Heute ist Murks einer der bedeutendsten Bambus-bauern in der Marsch und wäre sicher nicht so zufrieden, hätte er nicht Ordnung in seine Plantage gebracht.

Ähnlich wie Murks Murksen ging es seinerzeit dem Forstwirt Burx Burxen, der mit seinem Wald überhaupt nicht zufrieden war. Da stand alles dermaßen durcheinander, dass er kurzerhand seine Frau rief und ihr befahl, die Bäume auszurupfen und sie nach seiner neuen Ordnung wieder einzusetzen. Gesagt, getan, und neidlos muss man nun anerkennen: dass diese Aktion sich wahrlich gelohnt hat!

EIN WALD DER MARSCH NACH DER FLURBEREINIGUNG

Und was hier für unsere beiden Beispiele gilt, gilt für die gesamte Marsch: Sie ist schwer in Ordnung!

3. Reinlichkeit

Reinlichkeit ist eine Zierde des menschlichen Geschlechts, wenngleich sie auf der Welt viel zu selten praktiziert wird. Denken wir nur an den finsteren Eskimo (Inuit) im hohen Norden, der jahrein, jahraus immer im selben Eisbärenwams herumwackelt, ohne ihn einmal in die Reinigung zu geben. Oder denken wir an Frau Schäuble, die nur zweimal im Jahr ihre Fensterscheiben putzt, obwohl sie an einer belebten Verkehrsstraße wohnt. Pfui! Mein Nachbar, der Herr Poerschke, z. B. hat ganz gelbe Zähne vom vielen Rauchen, aber meinen Sie, er griffe mal zu Zahncreme und -bürste? Igitt! So sieht es aus in der Welt – in der Welt, nicht aber im Marschenland!

Das Marschenland erstrahlt *au contraire* in purer Reinlichkeit; fast möchte man die Augen schließen, sobald man seine Grenzen überschreitet, und nie wieder öffnen, um nicht geblendet zu werden von seinem Glanz. Allüberall wird geputzt und gewienert, gewischt und gebohnert, gewichst und geschrubbt, dass die Schmutzpartikelchen nur so davonwirbeln und sich im Geestland zu hochhaushohen Dünen aufhäufen, auf denen nichts wächst als Queller, Quecke und Quarz. Und selbst beim Hüten seines Rindviehs möchte der Marschmensch nicht auf sein tägliches Wannenbad verzichten, das er gern in munterer Geselligkeit nimmt.

WANNENBÄDER «AUF DER GRÜNEN WIESE» (LINKS DER BADEOFEN)

Nichts ist dem Marschmenschen mehr zuwider als das Vorkommen von Schmutz – in jeglicher Form. Entdeckt er – wieder nur als Beispiel – in seinem Glas Bier auch nur die allerkleinste Verunreinigung, und sei sie auch mit bloßem Augen nicht sichtbar, stürzt er es entschlossen hinunter, hinein in den Verdauungstrakt, um es vollständig auszuscheiden und damit zu vernichten. Und nenne mir einer auch nur eine Brauerei, deren Produkte so vollständig rein sind, als dass sie nicht vernichtet werden müssten![1]

Wie mit dem Trinken, so auch beim Essen: Wer einmal gesehen hat, wie der Marschmensch nach dem Male sein Tellerchen blank leckt, um auch die letzten Spuren des Mahls zu beseitigen, wird verstehen, was ich meine: Dieses Geschirr bedarf wahrlich keiner

[1] DAS IMMER WIEDER GERN ZITIERTE REINHEITSGEBOT FÜHRT SICH SELBST AD ABSURDUM, LÄSST ES DOCH DIE BEIGABE VON GERSTENMALZ UND HOPFEN ZU, DIE ZU DEN SCHMUTZIGSTEN PFLÄNZCHEN ÜBERHAUPT ZU ZÄHLEN SIND.

Spülmaschine mehr und kann sofort ab in den Schrank!

Geht die Reinlichkeit des Marschmenschen schon sehr weit, was die Gegenstände des täglichen Bedarfs anbelangt, so steigert sie sich noch, wenn es um spezielle Kultgegenstände handelt.

Nehmen wir als Allerheiligstes das Automobil (Opel Astra, Nissan Micra). Da gibt es zwei Fraktionen: Die einen stellen es direkt nach dem Kauf in der Garage ab, die unter leichten Überdruck gesetzt und dann versiegelt wird, und rühren es nie wieder an.

Die anderen fahren es durch die Waschstraße, hinten heraus und vorne gleich wieder rein, denn es könnte auf diesem Weg schon wieder verschmutzt worden sein. So treiben sie's ohn' Unterlass, vorne raus, hinten rein usw., bis der Tankstellenpächter den Sack voll hat und den Laden schließt.

Der Marschmensch treibt die persönliche Hygiene oft so weit, dass er sich gar nicht mehr wäscht – aus der nicht unberechtigten Sorge, ob ihn das zu verwendende Wasser nicht vielleicht verunreinige. Man weiß ja schließlich, wo es in der Regel her kommt ...[1]

Dieses gleichermaßen beispielhafte wie beispiellose Verhältnis zur Hygiene zieht in den letzten Jahren allerdings eine bedenkliche Umorientierung in der Namensgebung der jungen Marschenbürger nach sich: Immer mehr verschwinden die alten Bezeichnungen für den Marschmenschen wie Tjark, Telse, Imme, Summe, Kark, Blunk, Frerk, Krunk

[1] NA, WOHER WOHL? AUS DER G..ST (VERTEILEN SIE ZWEI E'S BITTE AUF DIE FREIEN PÜNKTCHEN). NA? DÄMMERT'S. NICHT DRAUSSEN – IM GEHIRNSKASTL!

zugunsten solch neumodischer, aber kaum wohlklingenderen wie Reiner, Reinhard, Reinhild, Reingund, Reinbert, Reinfried, Reinbold oder – am heikelsten – Reinhold.

Hoffentlich ist dieser Tribut an den «Zeitgeist» nur eine vorübergehende Erscheinung, ein Spuk, ein Schemen, ein Dunsthauch der Geschichte ...

Die Verehrung der Reinlichkeit findet schließlich ihren hehrsten Ausdruck im tiefen Glauben des Marschmenschen an eine saubere Wiedergeburt, die hier Reinkarnation genannt wird.

4. HEIMATLIEBE UND TRADITIONSPFLEGE

Mehr noch als sein Automobil (Opel Astra, Nissan Micra) und die neue Wandmaker-Filiale liebt der Marschmensch seine Heimat Ostpreußen, woher er durch Flucht und Vertreibung ins Marschenland versprengt wurde.

Nun ja, das klingt ein wenig provokant und ganz stimmt es wohl auch nicht. Aber immerhin hat diese freche Behauptung den langsam dahin dämmernden Marschleser dazu gebracht, die Augen zu spitzen und die Ohren aufzustellen und den folgenden Ausführungen mit der gebotenen Aufmerksamkeit zu folgen. Da möcht' ich wetten.

Eins aber ist die Wahrheit: Nicht nur, wer in der Marsch geboren ward, ist ein Marschmensch! Zum Marschmenschen wird man automatisch, sobald man seinen Fuß über die Grenze gesetzt hat.

Dem Autor dieser Zeilen ist genau dies widerfahren. Und davon will er jetzt berichten.

Es war an einem jener stürmischen Sonntagmorgen westlich von Pinneberg, von denen sich nicht sagen lässt, ob es Sonnabendabend oder Montagnachmittag ist. Egal: Im traurigen Monat November war's, die Tage wurden trüber, der Wind riss von den Bäumen das Laub, da reist' ich nach Marschland hinüber. Und als ich an die Grenze kam, da fühlt' ich ein stärkeres Klopfen in meiner Brust, ich glaube sogar, die Augen begunnen zu tropfen ...

Ich will jetzt nicht in die Details gehen, jedenfalls kann ich zusammenfassend eins sagen: Seit ich auf Marschenerde trat, durchströmen mich Zaubersäfte – der Riese hat wieder die Mutter berührt, und es wuchsen ihm neu die Kräfte. Genau.

Zaubersäfte – das ist es, genau. Wer die Marsch betritt, den durchströmen Zaubersäfte. Wer sie verlässt, wird auf der Stelle wieder nüchtern.

Deshalb verlässt auch kein Marschmensch freiwillig seine Heimat.

5. PÜNKTLICHKEIT

Mit der Pünktlichkeit ist das in der Marsch so 'ne Sache. Tschä. Man weiß ja nie, was dazwischenkommt. Oder wie der Marschmensch sagt: Steckst ja nich binnen. Ich will es mal so sagen: Pünktlichkeit in der Marsch ist gelebte Utopie. Und zwar deshalb, weil die Marsch zeitlos ist. Genauer gesagt: weil es in der Marsch keine Zeit gibt. Das heißt: irgendwo und -wie wird es sie schon geben, nur steht sie still. Will sagen: Zeit ist für den Marschmenschen eine Ungröße, praktisch nicht existent.

Der aufmerksame Leser hat an diesem heillosen Stammeln bereits erkannt, wie schwer das mit der Zeit in der Marsch ist. Nach Kante Kantsen ist «Zeit die spezifische Form des inneren Sinnes»[1]; kann aber eigentlich nicht sein, weil «alles, was überhaupt als Gegenstand der inneren und äußeren Erfahrung gegeben ist, der Zeitreihe eingeordnet ist»[2], wie Brord Brordersen festgestellt hat. Noch komplizierter wird der Sachverhalt dadurch, dass die Zeit an sich und vermöge ihrer Natur gleichförmig und ohne Beziehung auf irgendeinen äußeren Gegenstand verfließt.[3] Da schwirrt einem ja der Schädel.

Machen wir's uns doch einfacher, definieren wir die Zeit im Marschensinne als «einen monoton zunehmenden Parameter zur Charakterisierung des Ablaufs aller Ereignisse», und schon haben wir alle Schwierigkeiten aus dem Wege geräumt.

Kommen wir daher von der Theorie zur Praxis: Nehmen wir an, Günni Ledtje will sich mit einer jungen Dame verabreden, der Name tut nichts zur Sache, nennen wir sie meinetwegen Xenia. Er will nett mit ihr Essen gehen, sagen wir in Karin's Futterkrippe, schön 'ne Truckerplatte reinpfeifen, dick mit Champignons und Zwiebeln, sie vielleicht einen

[1] So geäussert im Rahmen des Symposions «Zeiterfahrung in der Marsch» am 24. oder 25. oder 26. 10. 2000 in der Mehrzweckhalle Klein-Nordende.
[2] B. B.: «Die Zeit». In: Die Zeit Nr. 41. 1999, S. 1
[3] Beobachtung des Verfassers.

gebackenen Camenbert[1] oder «Toast Hawaii», schön mit Ananas und gekochtem Schinken, vielleicht noch drei vier Pilschen, Underberg, dann noch mal kurz bei Fiete reinkucken, drei, vier Pilschen, für Xenia zwei, drei Batida de Coco, dann ab nach Hause in die Kiste, drei, vier Pilschen, für Xenia einen Pikkolo (vorher kalt gestellt, der Hallodri!) – na ja, den Rest kennen wir. Ich sage nur: Juppheidi!

Günni will sich also mit Xenia verabreden. Er sagt: «Na, Torte?» Wir sollten vielleicht doch auf wörtliche Zitate verzichten. Sie kennen sich zwar schon ein Weilchen, aber diese Art vertraulicher Konversation ist möglicherweise doch zu starker Tobak für zarte Feministinnenseelen. Günni fragt sie also nach ihrer grundsätzlichen Bereitschaft, mit ihm auszugehen bzw. sich zu verabreden. Xenias Antlitz erblüht, wie es in der Marsch Brauch ist, in dezentem Rotkohlton, um darauf aber schnell ins Karottenhafte überzuwechseln. Günni obercool, leicht wirsinghaft, sowohl was Farbe als auch Oberflächentextur anbelangt. Xenia signalisiert verschämt Einverständnis («Dat geiht los!») und fragt, zu wann sie sich denn verabreden sollten.

Und nun kommt alles so, wie es immer gekommen ist und wie es immer kommen wird, und weil das überall so und nicht anders in der Marsch geschieht, soll der folgende Dialog nun doch wortwörtlich wiedergegeben werden.

Günni: Soll ja nu ma auch nich so lang mehr hin sein.

Xenia: Das is gut. Aber man auch nich zu fix.

[1] KEIN DRUCKFEHLER, SONDERN DIE MARSCHVERSION DES ALLSEITS BELIEBTEN WEICHKÄSES.

Günni: Das is gut. Aber doch noch dieses Jahr.

Xenia: Dieses Jahr ist gut. Nächstes Jahr hab' ich schon was vor.

Günni: Das ist gut. Ich auch.

Xenia: Letztes Jahr geht auch nicht. Da hatte ich schon was vor.

Günni: Ach, ich nich, ich könnte letztes Jahr.

Xenia: Ich kann ja absagen.

Günni: Das ist gut. Sach ab, und wir treffen uns letztes Jahr.

Xenia: Und wann letztes Jahr?

Und so geht das dann weiter und weiter, eine Verabredung findet nicht statt, und weil keine Verabredung stattfindet, kann auch keiner unpünktlich sein, und weil keiner unpünktlich sein kann, ist der Marschmensch der pünktlichste Mensch unter den Wolken.

Das wollte ich eigentlich gesagt haben.

6. TIERLIEBE

In der Liebe zum Tier, sei es gebraten, gekocht, gesotten, pochiert, haschiert, gedämpft, gedünstet, geschmort, gegrillt, frittiert, druckgegart, glasiert, gratiniert oder sautiert, in der Liebe zum Tier also lässt sich der Marschmensch durch niemanden übertreffen. Selbst roh liebt er das Tier (Hack, Karpatscho).

Hier zwei der leckersten Rezepte aus der Marschen-küche:

1.) *Schöpse à la marche*

Man lockt ein nicht zu junges Schaf (5-6 Jahre) in einen Hinterhalt, ersticht es, lässt es gut ausbluten (7-8 Liter) und zieht ihm das Fell ab (aufbewahren, guter Kälteschutz!). Dann schlitzt man seinen Bauch auf und holt die Eingeweide heraus (aufbewahren, gut für eine Brühe!). Wo es am fettesten wabbelt, schneidet man sich ein gutes Stück heraus (5-8 Kilogramm) und schmeißt es in eine Pfanne mit heißem Fett (3-4 Liter). Wenn das Fleisch fast schwarz ist, frisst man es auf.

2.) *Matjes natur*

Man lockt einen nicht zu alten Hering (jungfräulich) in einen Hinterhalt, haut ihm mit einem Knüppel auf den Fischkopp (betäubend), trennt denselben ab, schlitzt ihn auf der Bauchseite auf, zerrt seine Einge-weide (aufbewahren, gut für Bujabäss!) bis auf das Ende des Mastdarms (Enzym) aus dem entseelten Fischkörper, schmeißt ihn in ein Fass zusammen mit ordentlich viel Salz, wartet ein paar Wochen und frisst ihn auf.

7. WELTOFFENHEIT

Auf den ersten Blick will diese Tugend des Marschmenschen überraschen: Weltoffenheit?

Auch auf den zweiten Blick überwiegen die Zweifel: Weltoffen? Der Marschmensch? Wie das?

Dann aber wagt man einen dritten und vierten Blick, und – wieder nichts, keine Welt, nichts offen, alles dicht.

Ja, zum Donnerwetter, denkt man da, schauen wir noch ein fünftes und sechste Mal hin, diesmal aber genauer! Aber erneut keine Spur von Weltoffenheit, null.

Gut, versuchen wir's ein siebtes, ein letztes Mal. Es muss doch eine Weltoffenheit geben, und wenn auch nur ein ganz kleines bisschen, einen klitzekleinen Spalt von Weltoffenheit, bitte, bitte.

Na, dann eben nicht. Muss ja auch nicht.

8. SPAR- UND GENÜGSAMKEIT

Die Sparsamkeit des Marschmenschen beginnt bei seinen Gedanken.

Damit keine Missverständnisse entstehen: Wir wollen gedankliche Sparsamkeit nicht mit dem Mangel an Gedanken verwechseln; Gedanken sind schon vorhanden, tiefe, ernste Gedanken, aber eben eher sparsam. Des Marschmenschen Glaube ist: So wie zu viel Salz eine Speise verdirbt, so verderben zu viele Gedanken das Leben.

Die Marsch an sich ist sparsam und genügsam. Sie hat nicht viel, und es kommt auch nichts hinzu. Sie geht mit allem wohl dosiert um, Protz und Völlerei sind ihr verhasst. Wo der Regenwald mit seinem schier unerschöpflichen Vorrat an Bäumen prahlt, setzt die Marsch mal

        hier

und hier

            und hier

einen hin. Oder auch keinen. Bloß nicht zu viel!

Wo Sahara und Geest den Spaziergänger mit unendlichen Sanddünen zu beeindrucken versuchen, belässt es die Marsch mit einigen kleinen, aber sorgfältig platzierten Häufchen, mal hier,

mal da

und mal dort,

aber immer hübsch sparsam, bloß nicht übertreiben!

Und wo der Indische Ozean mit über 30 Grad dem Siedepunkt bedenklich nahe kommt, belässt es die Marsch bei moderaten Temperaturen knapp über dem Gefrierpunkt.

Das waren nur einige Exempel märschlicher Genügsamkeit, doch auch hier gilt: Wie die Marsch, so der Mensch.

Wenn es gilt, dass Sparsamkeit des Menschen allerhöchste Tugend ist, noch vor Nächstenliebe und Vereinstreue, so ist der Marschmensch die Krone der Schöpfung. Um es auf eine griffige Formel zu bringen: Er spart an allem.

So hat bei weitem nicht jeder Marschmann eine Marschfrau – und umgekehrt. Dafür aber teilen sich viele Marschmänner eine Marschfrau – und umgekehrt (Partner sharing).

In diesem Zusammenhang gibt es für den Marschmenschen eine Einrichtung, der ihn fast wahnsinnig macht. Das ist der Einkaufswagen (Aldi, Spar, Edeka). Er kann, und das wohl mit Recht, überhaupt nicht verstehen, dass er sich jedes Mal einen ganzen Wagen kaufen muss, nur um das Zeug zu seinem Wagen (Opel Astra, Nissan Micra) zu bringen. Na gut, der Wagen ist recht preiswert, aber wenn man jeden Tag eine Mark für so ein Ding ausgeben muss, dann läppert sich das auf die Dauer zusammen.

9. Geschmack

Nun kommen wir zu einem der bezauberndsten Kapitel, dem über Mode und Design in der Marsch.

Über viele Jahre hindurch hat der Marschmensch ein untrügliches Gespür für modischen Chic entwickelt, der sich ausdrucksstark in seiner Tracht widerspiegelt, die praktischerweise von Mann wie Weib getragen wird: im Sommer ein einfaches Baumwollhemdchen, gern ohne Arm (Muskelhemd) oder wenn, dann mit Einviertelarm (Teehemd), das gern mit gewagten Motiven oder Inschriften geschmückt wird, dazu eine ausgesprochen legere Pluderhose (Trimmtrab- oder auch Zuckelhose) mit Dreistreifenpaspelierung an den Flanken und ein Paar bequemer Sandaletten bzw. sportiver Treter, die in Aufnahme des Hosenmotivs ebenfalls das Dreistreifenaccessoire aufweisen.

Im Winter wird dasselbe getragen, nur noch was drüber – je nach gesellschaftlichem Anlass ein rustikaler Paletot oder eine elegante Pelerine.

Die Kopfbedeckung variiert nach Alter: Der jüngere Marschmensch bevorzugt ein cooles, flexibles Käppchen mit vorzugsweise nach hinten gedrehtem Schirm, gleichermaßen praktisch bei Regen wie bei Sonne (Völkerballmütze), der reifere hingegen eine schmucke, steife, dunkelblaue Mütze in Form eines Elbseglers, wie sie in früheren Tagen ein gewisser Heinrich Prinz getragen hat.

Soviel zum Outfit. Der unbändige Wille des Marschmenschen zur Gestaltung greift aber weit über den persönlichen Bereich hinaus. Im Großen und Ganzen kann man feststellen, dass die Marsch selber Resultat einer planmäßigen Gestaltung über Jahrhunderte ist, deren Elemente aus einfachen Grundformen bestehen – seit

ERST AUS GROSSER HÖHE ZEIGT SICH DIE GESCHMACKVOLLE GESTALTUNG DER MARSCH

jeher Zeichen großer Kunst. Ein Luftbild aus etwa zehn Kilometern Höhe zeigt die Marsch in all ihrer klaren, einfachen, kraftvollen Schönheit, und nicht von ungefähr haben sich holländische Marschkünstler wie etwa Piet Mondriaan d. J. von diesen Strukturen anregen lassen. (s. S. 59)

Zwischen dem Mikro- und Makrokosmos aber liegt jene Spanne, die Zeugnis ablegt von des Marschmenschen allgegenwärtiger Liebe zum individuell gestylten Detail. Dazu einige historische Beispiele.

Früher sahen alle Hackfrüchte z. B. so aus.

Eckig, genau. Praktisch zum Stapeln, aber hässlich. Und schlecht zu rollen. *Form follows function*, dachte sich da der Marschmensch, und seit dieser Zeit sehen alle Hackfrüchte so aus.

Mit einer Ausnahme: Der Möhre. Das hat seinen guten Grund. Es ist nämlich viel leichter, etwas Spitzes in den Boden zu treiben als etwas Rundes. Wir haben den Test gemacht.

Ein weiteres willkürlich herausgegriffenes Beispiel betrifft die Gartenkunst des Marschmenschen. Am Sonnentag des Jahres 1999 gelang uns diese Aufnahme einer modernen Version des barocken Irrgartens aus unbekanntem Material, vor dem Schloss des Hollerwetterner Deichgrafen Prunk von Prunksen.

GUTSHAUS UND FRANZÖSISCHE GARTENANLAGE DES DEICHGRAFEN
PRUNK VON PRUNKSEN

Die zentrale Anlage gruppiert sich in freien Rhythmen um ein aufragendes Gewächs aus ebenfalls unbekanntem Material und zieht den Vorüberwandernden unwillkürlich, dafür aber umso unwiderstehlicher in ihren Bann. Ist es nicht so, als flüstere eine Stimme: «Komm herein, komm herein!»? Und sicher wäre der unbedachte Wanderer, der dieser Verlockung erläge, unweigerlich verloren und würde bis ans Ende seiner Tage in diesem Labyrinth herumirren – wäre da nicht der Maschendrahtzaun, der ihn am Betreten des Grundstücks hinderte.

Humanes Design – auch im Garten, das gibt es wohl nur in der Marsch.

10. MUT

Wer in der Marsch (über)lebt, muss *eo ipso* und wahrlich mutig sein. Der Hawaiianer, ja, der Hawaiianer hat's gut! Den lieben langen Tag lang Hula Hula, Aloha und Campari Soda, das kann jeder. Das ist keine Leistung.

Aber müsste der Hawaiianer in der Marsch leben, wie würde es ihm da ergehen? Hä? Da wär' nix mehr mit Hula Hula und Aloha, da wär' allenfalls noch ein klein wenig Campari, das hier Köm heißt, und Soda gäb's überhaupt nicht. Wie würde der schlottern, wenn im Herbst die Blätter fallen und der grause Nordwest unter sein Baströckchen fährt! Was würde der entsetzt dreinschauen, wenn er einen Kohlkopf spaltet, in der Hoffnung, dass Kokosmilch aus ihm herausflösse, und dann sieht er dieses bleichgrüne Gekröse und riecht diesen methanähnlichen Dunst und sehnt sich zurück ans Gestade der Glückseligen.

Mut in der Marsch – eine endlose Geschichte. Welch einer Kühnheit bedarf es, durch Orte wie die Blomesche oder Engelbrechtsche Wildnis zu gehen, welche Verwegenheit gar, in ihnen zu wohnen!

Was kann einem in der Marsch aber auch alles zustoßen! Auf einem einzigen Tagesmarsch, gab mir der Kätner Krurk Krurksen zu Protokoll, sei er paar Mal gegen den Deich gelaufen, xmal über herumliegende

Kohlköpfe gestolpert, zigmal in Wettern gestürzt – das würde ein Hawaiianer doch nicht überleben! Aber Krurk hat sich einfach seine Wunden zugenäht, den Trimmtrabanzug ausgewrungen, Waden- und Schlüsselbein geschient und dann in aller Seelenruhe seinen Wagen gewaschen (Opel Astra). Er würde das immer wieder machen, hat er versichert, da kennte er nix.

Bewundernswert, diese Tapferkeit! Ich will jetzt nicht in Revanchismus machen oder eine neue Dolchstoßlegende in die Welt setzen, aber wären damals die Marschmenschen anstelle der Wehrmacht – Sie wissen schon. Da hätte der Russ' mit Sicherheit alt ausgesehen … Aber der Marschmensch wusste ja leider nicht, dass Krieg war, sagt ihm ja keiner was. 45 war's dann zu spät, da war nichts mehr zu machen.

Das ganze Geheimnis seines Muts: Der Marschmensch kennt keine Furcht. Man hat ihn sogar schon bei Streifzügen durch die Geest beobachtet, klugerweise mit verhängten Nummernschildern, und hin und wieder macht sich sogar ein Trüppchen auf in die Großstadt, nach Itzehoe und Stade oder sogar Elmshorn. Was sie da im einzelnen treiben, ist nicht bekannt, weil sie darüber Schweigen bewahren, aber es müssen schon heftige Scharmützel sein, die sie dort führen, kehren sie doch am nächsten Morgen stets abgekämpft und ausgepumpt, aber irgendwie befriedigt und entspannt in ihre Hütten zurück.

Wie gesagt, der Marschmensch kennt eben keine Furcht. Und dabei wollen wir es auch gefälligst lassen. Man stelle sich nur vor, er wäre sich tatsächlich darüber im klaren, wie gefährlich z. B. eine Straßenkurve ist – er würde von diesem Zeitpunkt an immer nur geradeaus fahren! Wäre das nicht fatal? Wenn ihm wirklich bewusst würde, welche Gefahren etwa vom Gebrauch eines Hammers ausgehen, er würde wieder wie früher den Nagel mit seiner Stirn in die Balken treiben. Und wenn ihm tatsächlich deutlich vor Augen stünde, wie ungesund das Rauchen ist, würde er sich seinen Krebs wie früher selbst fangen.

Gesetzt den Fall also, jemand käme auf die Idee, dem Marschmenschen zu stecken, was da draußen bei Sturmflut so alles passiert – es käme einer Katastrophe gleich. Bisher weiß er es noch nicht, gottlob, denn der Deich verwehrt ihm die Blicke hinaus auf die tosenden Wassermassen vor seiner Haustür, aber sobald diese segensreiche Sichtblende mal weg wäre, und er sähe wirklich, was los ist, o weh! Da wäre Panik in der Marsch, und was das bedeuten würde, kann man sich gut vorstellen.

Daher, o Leser, bewahre weiter Stillschweigen! Achte auf deine Worte, lass keine unbedachten Äußerungen fallen, und vor allen Dingen: schau keinen Marschmensch komisch an! Schon gar nicht von der Seite. Das kann er gar nicht ab. Da gibt's schnell mal eins auf die Ohren. Tut ihm zwar hinterher meistens leid, aber was hilft das, wenn man nicht mehr hören kann?

11. Klugheit

Eigentlich will man das nicht glauben. Na ja, ich meine, wenn man des Marschmenschen zum ersten Mal ansichtig wird. Klug? fragt man sich. Dieser dumpfe Blick, dieses unartikulierte Grollen, diese unkoordinierten Bewegungen sollen von Klugheit zeugen? Diese schwerfällige Beschleunigung, dieses mäßige Kurvenverhalten, dieses unkontrollierbare Übersteuern sollen uns sagen: Klug ist der Mensch der Marsch?

Der Verfasser dieser Zeilen muss gestehen, dass er anfänglich von eben diesen Zweifeln angekränkelt, ja zerfressen war. Doch er muss auch gestehen, dass er sich grundlegend geirrt hat, und sieht es als seine Pflicht an zu schildern, wie er eines besseren belehrt wurde, nicht nur einmal, zweimal, dreimal, nein Hunderte von Malen, immer und immer wieder. Und das begann so.

Wir stellen uns vor: XXXI. Weltkongress der Internationalen Philosophenvereinigung, New York City, Madison Square Garden. Wir schreiben den 31. August 1971. Im Rahmen einer Podiumsdiskussion geraten Sir Bertrand Russell, Monsieur Jean-Paul Sartre, Mijnheer Peter Sloterdijk und Signore Umberto Eco in einen furiosen Disput über «Das Sein und das Nichts». Die Stimmung ist aufs äußerste gespannt, die Nerven liegen blank, die Situation scheint ausweglos. Schon wollen die Vier wegen unvereinbarer philosophischer Divergenzen übereinander her fallen, Signore Eco gar zieht bereits blank – da erhebt sich in der zweiten Reihe ein unscheinbares

Männchen aus der Marsch und spricht also: «Nu mal sachte!» Schlagartig tritt Ruhe ein. Eco steckt sein Stilett in die Scheide zurück, und Sartre flüstert leise: *«Mon Dieu, l'homme de la marche!»*

Das Männchen räuspert sich dezent und hebt mit leiser Stimme an (und wir übersetzen wieder, denn er spricht in fließendem Latein): «Kollegen, Freunde, Flachwichser! Nachdem Ihr Euch nun des langen und breiten ausgemährt habt über Sachen, von denen Ihr nicht den blassesten Schimmer habt, sag ich Euch jetzt mal, wie sich das mit dem Sein und dem Nichts verhält. Also: Sein ist das, wodurch jedes Seiende ist, und selbst das Nichts ist nur mit Hilfe des Seins als das Nicht-Sein begrifflich zu fassen. Jetzt seid Ihr wohl platt, nich?»

Natürlich hat kein Schwein was verstanden, aber niemand wagt etwas zu fragen, geschweige denn etwas einzuwenden, wissen doch alle, wen sie da vor sich haben: Hein Degger, den Großdenker aus Kleinwisch, den Doppelweltmeister in den Disziplinen Radikalontologie und Schnellexistenzialismus, den Begründer der transphänomenologischen Formallogik und Nestor der meditativen Transzendentalmetaphysik!

Hein Degger aber setzt sich in aller Bescheidenheit wieder zurück in sein Sesselchen und verzehrt den Rest seines mitgebrachten Matjesfischs. Damit weiß ein jeder: Der Kongress ist beendet.

Am nächsten Tag aber sitzt Hein wieder an seinem Arbeitsplatz im Kreis seiner Kollegen vom Deich- und Sielverband. *Business as usual*, wäre man geneigt zu sagen, wenn da nicht Kant Kantsen wäre, der ihn in einer Pause wie beiläufig fragt: «Hein, hast Du denen denn auch gesagt, dass der Mensch sich selbst aus dem Nichts seine Existenz gibt und in der Begegnung mit dem Nichts seine Individualität findet?»

Und nun wieder O-Ton Hein Degger: «Ou Schiet, dat heff ick vergeten!»

Worauf sich Kant Kantsen kopfschüttelnd abwendet und fortfährt, an seinem noch halb fertigen Siel herumzuschnitzen.

Ich versichere: Das sind keine Einzelfälle. Die ganze Marsch scheint eine einzige Denkfabrik, unablässig wird nachgesonnen, gegrübelt und sinniert, und das nicht nur im Dienst wie im Deich- und Sielverband, auch und gerade in der Freizeit. «Ich denk'», hörte ich jüngst in «Inge's Pilsstübchen», «ich denk', ich werd' noch ein Pilschen nehmen.» Man stelle sich das vor: Überall in Deutschland würde der Gast unbedacht rufen: «Inge, bring mir noch ein Pils, aber zügig, echt wenig Zeit!» In der Marsch wird vorher nachgedacht – es könnte ja sein, dass gute Gründe dagegen sprechen, dass z. B. – na ja, Durst hat man immer – und einer geht immer noch rein – aber vielleicht sollte man noch ein Schnäpschen flankierend dazu bestellen …

Woraus man ersehen kann, dass Denken in der Marsch nicht nur als ein Mittel zur Eigen- und Welterkenntnis angesehen wird, sondern auch als pragmatische Lebenshilfe auf allerhöchstem Niveau – und das einige Meter unter Normal Null!

12. Enthaltsamkeit

Ich wollte ja eigentlich nicht mehr auf jenes ehrabschneiderische Elaborat zu sprechen kommen, das den Anlass für diese umfangreiche Darstellung des wahren Lebens in der Marsch gegeben hat, aber nun muss es doch sein. Es krampft sich mir das Herz zusammen, sobald ich daran denke, dass dieser gewohnheitsmäßige Verleumder den Marschmenschen als einen dem dionysischen Kult hemmungslos verfallenen Satyr dargestellt hat, dem der Sinn nach nichts anderem steht, als zu feiern, zu saufen und sich zu vermehren. Und das alles möglichst gleichzeitig. Und das alles volles Rohr!

Natürlich ist der Marschmensch kein Kostverächter, kein Kind von Traurigkeit. Aber ihn deshalb gleich als ausschweifenden Trunkenbold und Hurenbock hinzustellen, wie es der Verfasser tut, dessen Namen wir nicht mehr nennen wollen, grenzt doch stark an Rufmord. Natürlich leistet er sich ab und an ein, zwei Pilschen und hin und wieder einen kernigen Beischlaf, aber wer aber wollte ihm das verübeln? Er hat ja sonst kaum Zerstreuung, und Anlass zu erfüllter Freude bietet die Marsch nicht gerade im Überfluss, das muss man der Ehrlichkeit halber zugeben. Da steht er an der Wettern und freut sich, dass das Wasser so schön abläuft und zack! – ein paar Stunden später ist es schon wieder da. Da kann doch kaum Freude aufkommen. Da trinkt man schon mal einen mehr, zugegeben, mehr als man vielleicht verträgt, aber immer im Rahmen und nicht so zügellos, wie es uns dieser Au-Tor① weis machen will. Und wenn gerade nichts zu trinken da ist, dann greift man sich eben den nächstbesten Partner, und dann kommt es eben zu diesem und jenem Geschlechterverkehr, wir leben doch nicht mehr im 20. Jahrhundert.

Da braucht sich dieser Marscharsch② gar nicht aufzuspielen! Was würde der denn machen in den langen, dunklen Marschnächten? Däumchen drehen? Mit zwei, drei Pilschen ist es nicht getan, da dürfen es auch mal ein paar mehr sein, das Leben ist kurz und der Tod ist lang, und ein Schnäpschen dazu hat noch niemand geschadet. Und ein, zwei knackige Marschmänner im Bettchen sind doch allemal besser als die Spätausgabe der Tagesschau oder Sport im Dritten.

Deshalb muss man doch nicht gleich den Stab über den Marschmenschen brechen. Solange sich alles im Rahmen bewegt, ist nichts dagegen zu sagen, dass man sich mal hin und wieder mal abschießt, sich so richtig die Schelle gibt, na ja, und wenn dann einem dann was übern Weg läuft, dann wird's eben abgeknallt, wir sind hier doch nich im Nonnenkloster, was sein muss, muss sein, da kannst nich meckern, wo komm wir denn da hin, wenn wir da was auslassen, die Sau muss raus, kein Kind von Traurigkeit, wir ham noch nie ins Bier gespuckt, und mittem Wirt kannst schnacken, und überhaupt – alles hat ein Ende nur die Wurst hat zwei ...

① KLASSE WORTSPIEL, NICHT WAHR? AUTOR UND AU-TOR. DAS SITZT!
② AUCH NICHT SCHLECHT. EIN WENIG VULGÄR VIELLEICHT, ABER DURCHAUS PASSEND.

13. Scham- und Zügellosigkeit

Dem aufmerksamen Leser dieser Abhandlung ist es nicht entgangen, dass sich in ihren wohltuend sachlichen Ton hin und wieder eine kleine Prise Kritik an jenem unsäglichen Werk mischt, dessen Titel wir ums Verrecken nicht mehr nennen wollen. Sie wissen schon …

Wenn wir also schon einmal dabei sind, den Schutt der Vergangenheit wegzuräumen, fällt es ganz besonders auf, dass sich der Schmutzfink, dessen Namen wir ums Verrecken nicht mehr nennen wollen, zwar immer wieder halt- und zügellos auf die Marsch und ihre Bewohner eindrischt, an einem speziellen Punkt aber eine merkwürdige, ja verdächtige Zurückhaltung sich auferlegt. Das betrifft das Kapitel «Fortpflanzung» (die Seitenzahl sei aus nahe liegenden Gründen nicht genannt).

Außer der Versicherung, dass sich der Marschmensch sich «gern und viel» fortpflanze, und einigen ehrenrührigen Andeutungen über eine ganzjährige «Brunftzeit»(!) herrscht Funkstille, wenn ich das mal so nennen darf. Das macht doch stutzen bei einem «Autor», der sich ansonsten wortgewaltig und ausschweifend über jedes kleine Detail auslässt. Was soll dieses Schweigen? Woher kommt es?

Das offene Gespräch über biologische Fragen ist doch längst kein Tabu mehr, seit Darwin seine 99 Thesen ans Portal der Schlosskirche zu Christchurch geschlagen hat; ich betone nochmals: wir leben doch nicht mehr im 20. Jahrhundert! Was also ist da los?

Wir wollen, stets um Fairness und Ausgleich bemüht, nicht so weit gehen zu sagen, dass der «Autor» mit seinem Schweigen seine eigenen Unzulänglichkeiten auf diesem Gebiet zu kaschieren bemüht ist, aber irgendwas wird da schon dran sein … man hört ja so einiges. Gleichwie: das erfüllte Liebes- und Lustleben des Marschmenschen sollte nicht länger unter den Teppich einer falsch verstandenen Verklemmtheit (Impotenz?) gekehrt werden. Wir werden hier offen und in allen Einzelheiten folgende grundsätzlichen Fragen stellen und beantworten:

Wie vermehrt sich der Marschmensch?
Warum vermehrt sich der Marschmensch?
Wo vermehrt sich der Marschmensch?

Ad 1. Der Marschmensch vermehrt sich unter allen Umständen. Das heißt im Klartext: Überall, wo sich zwei Marschmenschen begegnen, findet eine Vermehrung statt. Dazu bedarf es keiner großen Worte, denn ein Naturgesetz der Marsch besagt: Zwei sind allemal mehr als einer, und kommt noch einer hinzu, sind es wieder mehr. Das ist das ganze Geheimnis der Vermehrung des Marschmenschen! Und da druckst dieser windige Forscher herum und schwafelt was von Orgien und Ausschweifungen! Sind das denn nicht alles Ausgeburten seiner eigenen krankhaften Phantasien? Man kann es sich schon ausmalen, wie er selber gern an diesen Bacchanalen hätte teilgenommen, wie gern er sich unters Marschenvolk gemischt hätte, insbesondere unter die Marschfrauen weiblichen Geschlechts, wie gern er in sie gefahren wäre wie der Wolf in den Schafspelz – ich sage nur: Pfui!

Ad 2. Der Marschmensch vermehrt sich aus naheliegenden Gründen. Das heißt, wiederum im Klartext: Sobald ihm jemand nahe liegt, hat er Grund, sich zu vermehren. Das geht ganz automatisch und hat keine besonderen Gründe. Außer vielleicht der Arterhaltung. Die ist schon wichtig, denn es wäre doch zu schade, wenn diese Gattung ausstürbe. Sicher, unbedingt nötig ist der Marschmensch nicht, aber im Sinne einer richtig verstandenen Artenvielfalt sollte man ihn doch hegen und pflegen und für eine bestandsfähige Population sorgen. Wer freut sich schließlich nicht, wenn er ein Exemplar in freier Wildbahn beobachten kann, und wen durchfährt nicht jener heilige Schauer, wenn unverhofft ein Marschmensch neben ihm hochfährt und sich durchs Unterholz davon macht?

Nein, der Marschmensch bedarf unseres Schutzes, und da ist den Vereinten Nationen (UN) zu danken, dass sie ihn auf die Rote Liste der am meisten bedrohten Lebensarten gesetzt haben. Und schließlich bietet neuerdings der Nationalpark Wattenmeer dem Marschmenschen Gelegenheit zu einer ungestörten und artgerechten Fortpflanzung (Schutzzone I).

Alles in allem brauchen wir uns also keine Gedanken über seine Vermehrung zu machen. Und das ist auch besser so.

Ad 3. Wo sich der Marschmensch vermehrt, ist kein Geheimnis: Ausschließlich in der Marsch. Wem diese

Ortsangabe nicht reicht, dem seien folgende kleine Hinweise gegeben.

Einige Zeit vor der Balz, auch Ranz genannt, baut sich das Marschmännchen gern kleine Nester am Rande von Tümpeln und Gruben, um dem Marschweibchen zu imponieren und es zur Paarung geneigt zu stimmen. Meist liegen diese Nester verborgen zwischen Schilf und Reet, und es bedarf schon einiger Hartnäckigkeit, sie zu entdecken, aber es lohnt sich! Bei behutsamer Annäherung bietet sich dem Beobachter ein prächtiges Schauspiel, das beredtes Zeugnis ablegt von der urwüchsigen Vitalität und hemmungslosen Zügellosigkeit des Marschmenschen.

«PSSSST ... HOCHZEITSNACHT!!!»

Sehr gern «treibt» es der Marschmensch auch in Baumhäusern auf luftiger Höhe. Dabei geraten die Pärchen nicht selten in einen solchen *furor amoris*, dass sich die

Lotterstatt in ihre Bestandteile auflöst und sie vereint zu Boden fallen. Das folgende Bilddokument zeigt ein solches «Liebesnest» kurz nach Gebrauch.

Ansonsten aber macht's der Marschmensch wie jedes andere höhere Lebewesen auch; das Gerücht von der Zellteilung taucht zwar immer mal wieder auf, ist aber ins Reich der Fabel zu verweisen. Er bevorzugt dabei – auch das wollen wir nicht verschweigen – die seltsamsten Positionen (Stellungen), deren Ausmalen wir der Fantasie des Lesers überlassen wollen.

Raum zum Ausmalen der Fantasien des Lesers:

DER LOB DES MARSCHBODENS

Die Marsch ist wunderbar. Wun-der-bar! Das ist die einhellige Meinung aller, die jemals den Marschboden betreten haben.

Marschboden – welch ein wunderbares Wort! Aber auch: welch ein zauberhafter Zustand, insbesondere wenn man, aus welchen Gründen auch immer, auf ihn fällt, also der Länge nach hinknallt. In der Stadt ist die Sache klar: Zack, rumms, Birne aufgeknallt, Blutergüsse, Prellungen, manchmal schlimmeres.

Wie anders hingegen, trifft der Körper auf den Marschboden: Ein leichtes Klatschen oder Quitschen ist zu hören, sanft gibt der Boden nach und fängt einen fast schon zärtlich auf, man spürt ein leichtes Vibrieren und schmiegt sich behaglich in den Schmodder. Keine Verwundung, kein Bruch, nur der vertraute Geruch und die weiche Konsistenz von Schlamm und Schlickablagerungen.

Wen wundert es da, wenn sich in der Marsch so viele Menschen am Boden finden? Wir kennen die alte Mär der Übelmeinenden und Unwissenden und wollen sie hier nicht wiederholen. Nicht der Alkohol oder die schweren Speisen zwingen den Marschmenschen darnieder, sondern die reine und unverfälschte Liebe zu seinem Boden.

Drei Grundtypen lassen sich dabei unterscheiden: Der jüngere Marschmensch lässt sich gern auf Kalk- und Kleiboden nieder, ihm kommt es weniger auf Komfort an als auf unmittelbaren Bodenkontakt; der mittlere bevorzugt eher den Dwog aus organischen Ablagerungen, und nur der ältere, schon etwas vorsichtiger gewordene fällt eher auf Moor- und Humusboden um, was nicht selten dazu führt, dass er in höherem Alter anspruchslose Torfmoose (Sphagnen) ansetzt.

Man kann daher nicht eigentlich von der Bodenständigkeit des Marschmenschen sprechen, man müsste es eher Bodenliegigkeit oder auch Grunderfahrung nennen.

Lieder aber sieht es wohl so aus, dass die sympathischen Kuscheleigenschaften des Marschbodens seine einzige Stärke sind, wie die Folgen der Reichsbodenordnung von 1934 zeigen. Bis zum Untergang des Dritten Reichs nahm seine Verschmutzung derart zu, dass im Rahmen des Wirtschaftswunders keine andere Wahl blieb, als eine umfassende Flurbereinigung vorzunehmen.

Seit dieser Zeit ist die Marsch wieder einigermaßen sauber.

EINIGE BILDER AUS DER MARSCH UND IHRE GESCHICHTE

Eine auf den ersten Blick unscheinbare Landschaft: Weiden, einige Bäume in der Ferne, der
weite Marschenhimmel. Nichts Besonderes, mag der
Betrachter denken, Marsch *as usual*. Das Fehlen jed-
weder Weidezäune verweist auf den Freiheitsgeist des
Marschbauern, die Monotonie der Vegetation auf die
Schlichtheit seines Gemüts. Der Himmel über der
Marsch Dehnt sich in gewohnt zartem hellgrau ins
schier Unendliche, und mit ein wenig Einbildungs-
kraft vermeint man sogar die Erdkrümmung wahrzu-
nehmen. Wollte man die Atmosphäre des Bildes auf
eine Formel bringen, so hieße sie: LEERE.

Wollte, hieße – diese Konjunktive sollten uns nach-
denklich stimmen. Denn der Marschenkenner weiß,

dass diese Landschaft durchaus nicht leer ist – im Gegenteil!

Richten wir unseren Blick auf das Zentrum des Bildes, dort, wo sich die Diagonalen kreuzen. Was sehen wir da, wenn auch unendlich klein im ungeheuren Raum der Marsch? Den Güllewagen, wie er das kostbare und lebensspendende Nass in hohem Bogen auf den Marschboden verteilt!

Und schlagartig wird uns klar, wie ungerecht der Begriff der Leere für die Marsch ist, und wir riechen: Sie ist voll, übervoll vom lieblichen, weil frucht- und ertragbringenden Duft des Gemischs aus Kot und Harn der Nutztiere.

Nur schade, dass dies bei einem Foto nicht so richtig rauskommt.

Was ist denn das? wird sich der marschunkundige Betrachter dieses Bildes unwillkürlich fragen, und man kann ihm seine Verwirrung durchaus nicht verdenken. Zu abenteuerlich scheint dieses Monstrum, als dass es von dieser Welt sein könnte, aber dennoch ist es in der Marsch tagtäglicher Anblick, denn es stellt das gewöhnliche Wohnmobil des Marschmenschen dar, mit dem er in die Ferien zu fahren pflegt.

Erst bei genauerem Hinsehen, beim einfühlsamen Betrachten der Details erschließt sich der ganze Reichtum des Gefährts, dessen rollende Fortbewegungsart unschwer aus den beiden Radpaaren in der Mitte zu erkennen ist – sinnvoll, denn wenn eines ausfällt, hat man ja noch ein zweites.

Zunächst fällt der wuchtige Flankenschutz als Armierung auf, der bei Fahrten durch die Geest größtmögliche Sicherheit gewährt. Dann der Wachturm in der Mitte, der dem Späher ungehinderte Aussicht gewährt. Dann die zahlreichen Flucht-fahrzeuge im hinteren Bereich: ein Moppett, ein PKW und ein Van mit Richtscheinwerfer. Und falls das alles zusammengeschossen ist, schwingt man sich einfach auf den edlen Schimmel (links vorn), der bereits unge-duldig tänzelt, und reitet davon.

Falls aber alles gut geht, hat man ja noch die Kisten Bier vorn und hinten, die durch Stoßstangen sorgfältig geschützt sind.

Nur müsste man sie mal wieder auffüllen.

Ein Zoo in der Marsch, ein Tier-Garten! Das Hagenbeck des Nordens! Darauf hatte man lang gewartet. Nun ist er da, und wie![1]

Aber seltsam. Zwar grüßen uns launig eine Figur mit Blumenstrauß und zwei kopulierende Hunde, freilich nur gemalt, doch ansonsten will sich nichts tun. Wo sich sonst in der Marsch die Autos ballen, sobald ein Parkplatz eröffnet, herrscht hier gähnende Leere! Dabei wirkt doch die Eingangssituation durchaus einladend: modern, repräsentativ, aufgeräumt. Woran mag es liegen, dass dieser Tier-Garten nicht angenommen wird? Gehen wir mal hinein.

Vielleicht liegt es ja am Tier-Angebot ...

[1] ER TRÄGT DEN NAMEN DER FAMILIEN TREDE UND VON PEIN, DIE WIR JA SCHON IN ANDEREN ZUSAMMENHÄNGEN KENNEN GELERNT HABEN.

Ein ganz gewöhnliches Freibad in der Marsch, wie
üblich aufgeteilt in Nichtschwimmer- (links) und
Schwimmerbecken (rechts), Einlauf in der Mitte. So
weit, so gut.

Warum aber will beim Betrachten dieses Bildes
keine rechte Stimmung aufkommen? Ist ein Frei(!)bad
nicht ein Ort des Vergnügens, der unbeschwerten
Freude, ja des ungetrübten Planschens? Wasser ist ja
genug da.

Mag es vielleicht daran liegen, dass hier die
Begrünung fehlt? Hier ein Strauch, da ein Blümchen –
sähe es dann nicht schon viel freundlicher aus? Wür-
den nicht schon ein paar Kacheln, die in vielen Bädern
heutzutage bereits Standard sind, Wunder wirken?

Eine Dusche? Eine Rutsche? Ein Sprungbrett?

Alle diese Überlegungen können aber letztlich nicht die Melancholie erklären, die sich wie ein zarter Regenschleier über die Szenerie legt. Irgend etwas scheint zu fehlen. Nur was?

Vielleicht werden wir es nie ergründen. Aber vielleicht wird es ja in einer Viertelstunde schon anders sein.

Da macht das Freibad nämlich auf.

Was hier auf den ersten Blick wie ein Haufen gefällter Bäume und zersägter Baumteile aussieht, ist es auch. Nichts als ein Haufen Holz, kreuz und quer aufgeschichtet, schwer durcheinander, wie einfach so dahingeschmissen. Achtlos liegen gelassen wie ein Haufen nutzlosen Zeugs. Sinnentleert wie nichts Gutes.

Aber auch dieses Bild hat seine Geschichte. Nur kennen wir sie nicht. Und das ist auch gut so.

Ein Bild, so recht zum Nachdenken ...

AUSKLANG

Ein Bild, so recht zum Nachdenken, sahen wir zuletzt, und zum Nachdenken bringen uns die Marsch und ihre Menschen allemal, bleibt sie doch trotz aller wissenschaftlicher Bemühungen und verständnisvoller Empathie letztlich ein Rätsel.

Und was kann unsere Ausführungen daher besser ausklingen lassen als ein Rätsel, dem wir in der Marsch auf Schritt und Tritt begegneten und dessen Lösung wir bis auf den heutigen Tag nicht näher kamen:

Ist dieser Stutzen nun ein

oder eher eine

oder doch nur eine

?

FREMDWÖRTERVERZEICHNIS

Wenn wir auch das Buch, auf das wir uns hier mehr-
fach bezogen haben, in Gänze ablehnen mussten, so
hielt es wenigstens zum Schluss noch eine postive
Überraschung parat: Ein Fremdwörterverzeichnis.
Doch wenn auch die Grundidee zu leben ist, so ist
doch wiederum die Ausführung zu tadeln. Der
Schmierfink glaubte natürlich in seiner unendlichen
Hybris, er müsse *dem Marschmenschen* die Begriffe
erklären! Dabei tut es doch vielmehr Not, *den fremden
Leser* mit den Weisheiten der Marsch vertraut zu
machen – weshalb wir den diametral entgegengesetz-
ten Weg beschritten haben: Unsere Definitionen
schwerer und unbekannter Wörter richten sich an den
Leser, der sich nicht auskennt in der wissenschaftli-
chen Terminologie, die sich mittlerweile in der
Marschforschung herausgebildet hat.

Und wer wäre geeigneter, die richtigen Antworten
zu geben, als der Marschmensch selber? Wir haben
also den Gelehrtesten unter ihnen die heiklen Begriffe
vorgelegt und konnten nach Abschluss unserer
Befragung nicht anders, als in den Ruf auszubrechen,
der auch das Motto unseres gesamten Bandes sein
könnte:

> VOM MARSCHMENSCHEN LERNEN,
> HEISST LERNEN LERNEN!

ACCESSOIRE	*(sprich: Akßessoar)* überflüssiger Teil der Kleidung
AGRARÖKONOMISCH	sparsam mit dem Acker umgehend
AKADEMIE	Einbildungsstätte
ANTHOLOGIE	Entenschar
APPENDIX	Wurmfortsatz
ARCHITEKTUR	Lehrfach für Bausünden
ARMIERUNG	Gegenteil von Bereicherung
AUTOMATISCH	Schaltung beim Opel Astra *(Sonderausstattung)*
AUTOMOBIL	Opel Astra, Nissan Micra
AUTOR	Hersteller von Schreibwaren
BARKASSE	konventionelle Zahlungsweise
BAROCK	Damenoberbekleidungsstück in zweifelhaften Etablissements
BILANZIEREN	legal fälschen
BRISANZ	Ort zwischen Brisach und Konstanz
BUJABÄSS	*(sprich: Bouillabaisse)* Matjesbrühe
CHAMPIGNON	Meister aller Klassen
CHAOS	Mehrere Niederschläge
CHARAKTER	vorgetäuschte Eigenart
CHRONISCH	Zustand jeder Krankheit nach mehreren Arztbesuchen
CONTENANCE	Tuntengehabe
COOL	*(sprich: kuhl)* kühl

DESIDERAT	Wenn es weg ist, ist was da
DESIGN	*(sprich: Diesein)* Vortäuschen falscher Formen
DETAIL	das Kleine Ganze
DETONATION	Abtönfarbe
DISKRETION	–
DISPUT	1. Kurzform von: Das funktioniert nicht mehr. 2. Kurzform von: Das ist mein Huhn.
DOMIZIL	baufälliges Haus *(Maklersprache)*
DORADO	die Marsch für Kulturschaffende
DOSIERT	was in eine Dose passt
ELABORAT	was aus einem Labor kommt
ELEMENT	Geestbewohner
EPIGRAMM	mehr als ein Gramm
EROTISCH	Schreibfehler für exotisch
EXEMPEL	früherer Ehegatte
EXEMPLAR	frühere Ehegattin
EXISTENZ	früherer Geliebter
EXPEDITION	ehemaliges Fuhrunternehmen
FABRIK	Schauplatz von Fabrechen
FAIRNESS	Frau des Fairmanns
FATAL	zum Fater gehörig
FAUNA	Schwester von Flora
FILET	Gegenteil von Wenige
FILIALE	*(sprich Fiale)*: Aldi
FLEXIBEL	mit der Flex bearbeitet

FLORA	Schwester von Fauna
FORMULIEREN	falsche Angaben auf einem Vordruck machen
FRITTIERT	Pommes rot-weiß
GARAGE	Autopalais mit Eigenheimanbau
GARNIERT	mit Garnelen verziert
GENERATION	Stromerzeugung
GESTYLT	*(sprich: ges-teilt)* hoch aufgerichtet
GHETTOBLASTER	Humalala
GRATINIERT	mit Gräten *(Vorsicht!)*
GUTTURAL	wohltuend *(für die Kehle)*
HERMETIK	Hermanns Eigenart
HIGHLIGHT	*(sprich Heileit)* Oberlicht
HORIZONT	hinterm – geht's weiter *(U. Lindenberg)*
HYGIENE	weibl. Vorname
ICHTHYOLOGE	*(egomanischer)* Fischforscher
IDEE	kleine Maßeinheit («eine *Idee höher»)*
IDENTIFIZIEREN	künstliche Zähne einsetzen
IMPOTENZ	Angst vor dem Eintopfen
INDIVIDUELL	unteilbar
IRRITIERT	verrückt gemacht
JARGON	*(sprich Schargong)* Redensart
JUSTITIA	weibl. Vorname
KAKOPHONIE	*(lautliche)* Verstopfung
KALIBER	0.45
KANNIBALISCH	Sprache der Kannibalen
KAPITEL	letztes

KARPATSCHO	*(sprich: Carpaccio)* männl. Bewohner der Karpaten
KASCHIEREN	in einer Kaschemme einkehren
KATASTROPHE	mehrere schlechte Verse
KATEGORIE	weibl. Vorname
KILOMETER	Strecke von 1000 Gramm
KOLLEG	Versammlung von Mitarbeitern
KOMISCH	im Koma liegend
KOMPLIZIERT	voller Komplexe
KONSONANT	kein Vokal
KONTEMPLATIV	im Gotteshaus versammelt
KONVERSATION	Haltbarmachen von Speisen *(Konversen)*
KOPULIEREN	Pfui!
LABYRINTH	Gehirnwindungen des Marschmenschen
LAKONISCH	Sprache der Lakonen
LEGION	Tagesproduktion einer Henne
LEKTÜRE	undichter Eingang
LIBIDO	*(auch Libuda)* Stürmer vom FC Schalke 04
LOGISTIK	scharfsinniges Denkvermögen
LYRIK	Herunterge»leier»tes
MAKROKOSMOS	der große Mikrokosmos
MAKULATUR	Männlichkeitswahn
MANIPULATORISCH:	wie von Manfred Pulator geschaffen

MATERIAL	Mütterlichkeit
MELANCHOLIE	Melstauballergie
METALL	Industriegewerkschaft (IG)
METHAN	Nachbarland von Buthan und Prophan
MIKROKOSMOS	der kleine Makrokosmos
MILLIONEN	Jackpotgewinn beim Lotto
MONOTON	kürzestes Wort mit drei o
MONSTRUM	*(lat.)* Monster
MOTTO	*(ital.)* Nachtfalter, Spanner
NIVEAU	*(sprich: Niwo)* Gesprächsebene unterhalb des Zumutbaren
OBJEKTIVITÄT	Unparteilichkeit für Unbeteiligte
ONOMATOPOETISCH	laut und malerisch
ORGIE	Orgelwerk für mehrere Spieler
ORIGINAL	Ursprung einer Fälschung
OUTFIT	*(sprich Autfitt)* außerordentliche Leistungsbereitschaft
PANIK	Stimmung kurz vor der Sperrstunde
PARAMETER	mit dem Fallschirm zurückgelegte Strecke
PARTIKEL	alle Waren, die mit P beginnen
PELERINE	weibl. Vorname
PHASE	alle Hasen, die mit P beginnen
PLANKTON	männl. Vorname

PLANTAGE	eine Zeitspanne für Vorhaben
PLATZIEREN	hochspr. für platzen
PODIUMSDISKUSSION	Streit darüber, wo das Rednerpult hin soll
POESIE	Gattin von E. A. Poe
POPULATION	mechanische Reinigung der Nase
PRISE	sehr steife Brise
PROSA	weibl. Vorname
RABATTE	Preisnachlass
REINKARNATION	Säuberung des Fleisches
SAUTIERT	versaut
SEKTOR	Schaumwein trinkender Irrer
SENSIBILITÄT	Fertigkeit im Mähen von Hand
SYMPATHISCH	Freibier
TABU	Nachtclub in Hamburg
THESE	Kombination von Tresen und Theke
TRANSPORT	Körperertüchtigung in angeheitertem Zustand
URIN	weibl. Auerochse
USANCEN	amerikanische Schlampen
VEGETIEREN	fleischlos essen
VOKAL	kein Konsonant